Éteindre les lumières et utiliser des ampoules éconergétiques économisent de l'énergie.

Je n’oublie pas…

d'éteindre la lumière
quand je sors d'une pièce.

Je jette toujours...

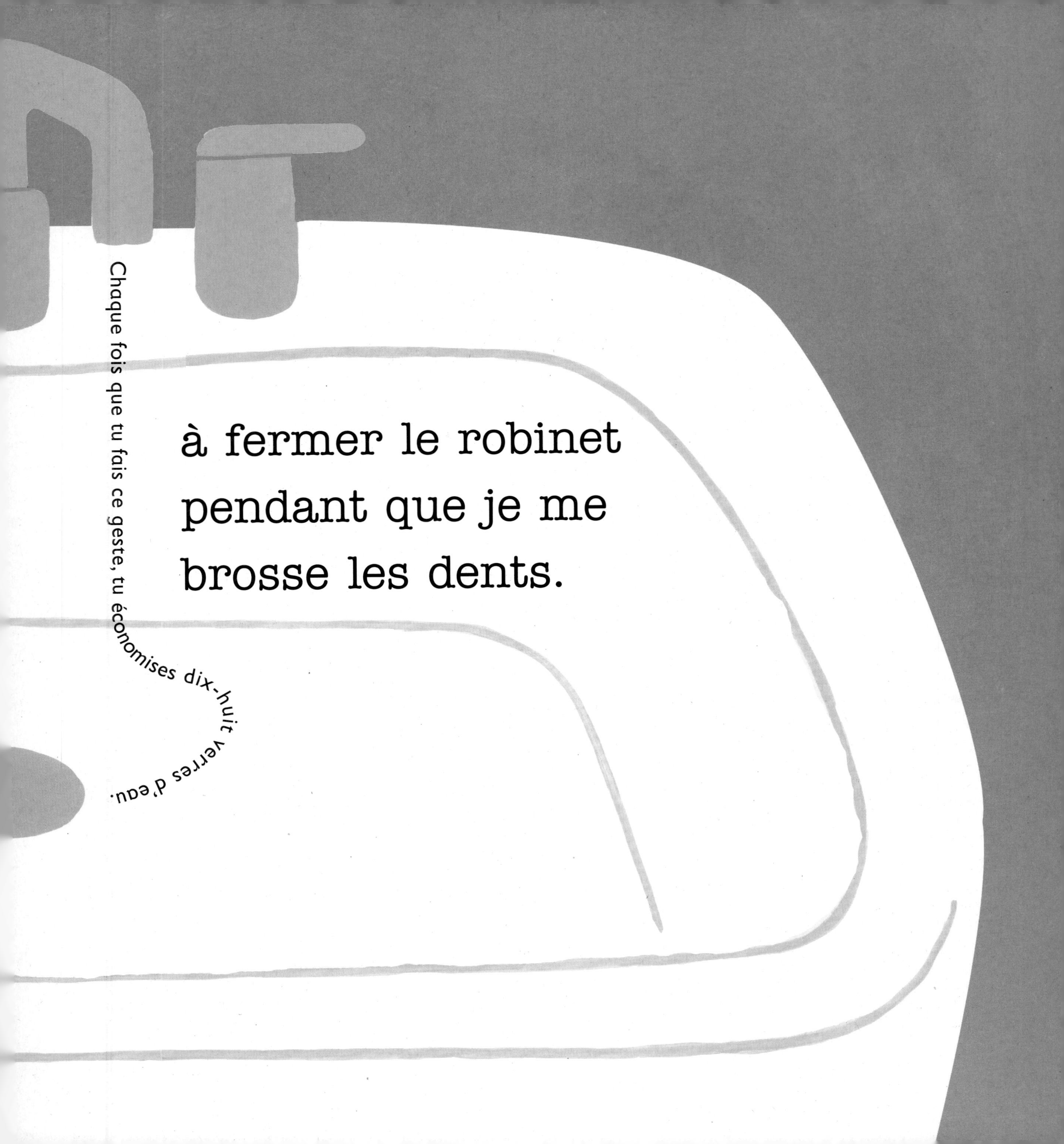

à fermer le robinet
pendant que je me
brosse les dents.

Chaque fois que tu fais ce geste, tu économises dix-huit verres d'eau.

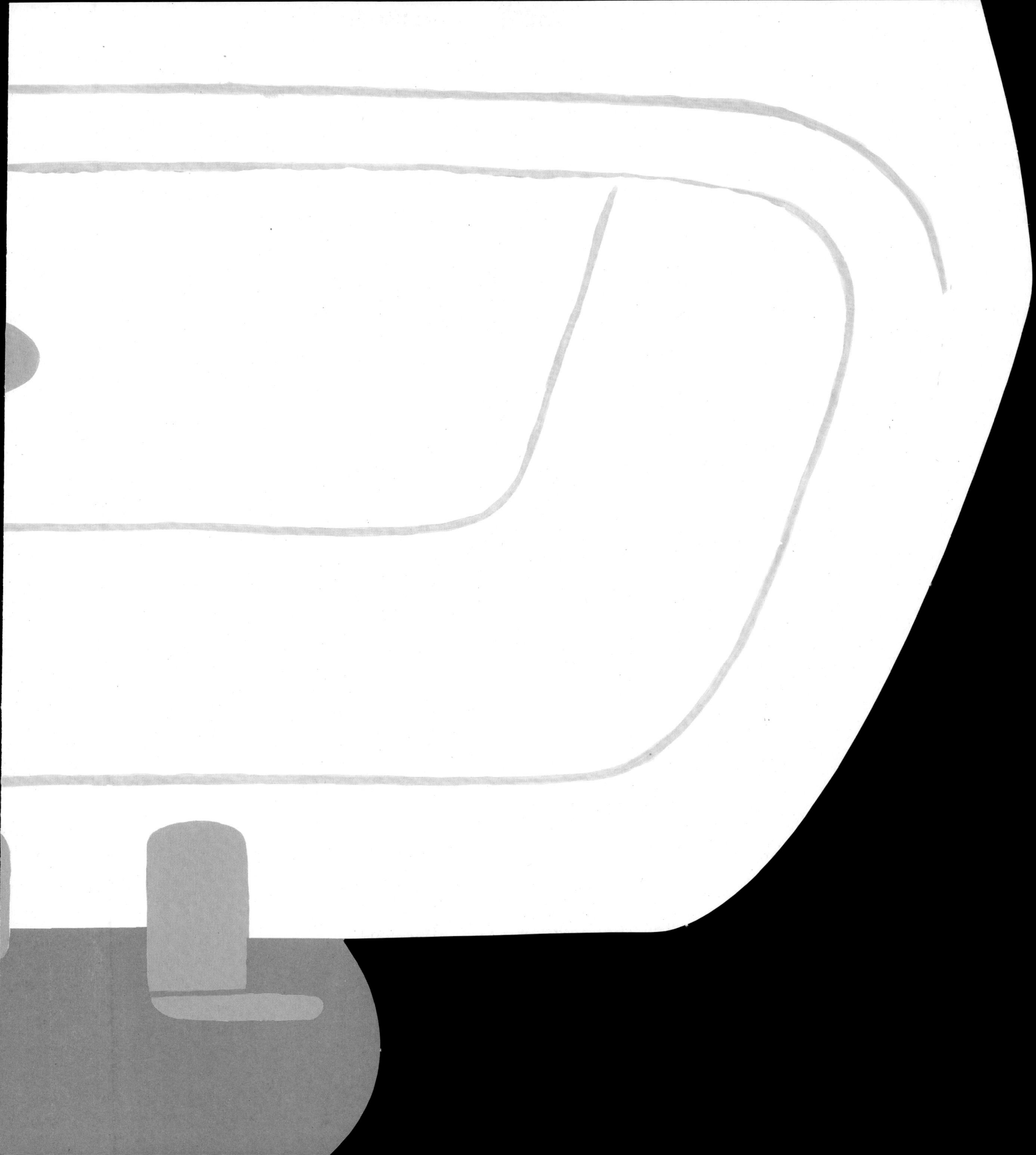

Je pense...

DÉCHETS

mes déchets
dans la poubelle.

DÉCHETS

Il ne faut pas laisser traîner les déchets pour que l'environnement reste propre et sécuritaire.

Je peux...

La nourriture se fait rare l'hiver pour les oiseaux.
Les nourrir les aide à se préparer à la nidification au printemps.

nourrir
les oiseaux
en hiver.

J'utilise...

Si tout le monde faisait de même, la quantité d'arbres utilisée pour faire le papier diminuerait de moitié.

le papier recto verso.

Je rappelle
à maman...

de débrancher
la télévision.

Tous les appareils électriques, y compris les téléviseurs, consomment de l'énergie quand ils sont en veille.

Je
m'amuse
à...

POST OFFICE

On peut réutiliser beaucoup de choses avant de les jeter.

fabriquer des jouets
à partir de boîtes usagées.

J'aime…

me rendre à l'école à pied.

Éviter des voyages non nécessaires en voiture économise l'essence et produit moins de pollution.
C'est aussi une occasion de faire de l'exercice.

Je peux...

graines

semer
des graines
et aider
à les faire
pousser.

Les plantes purifient l’air.

J'aide…

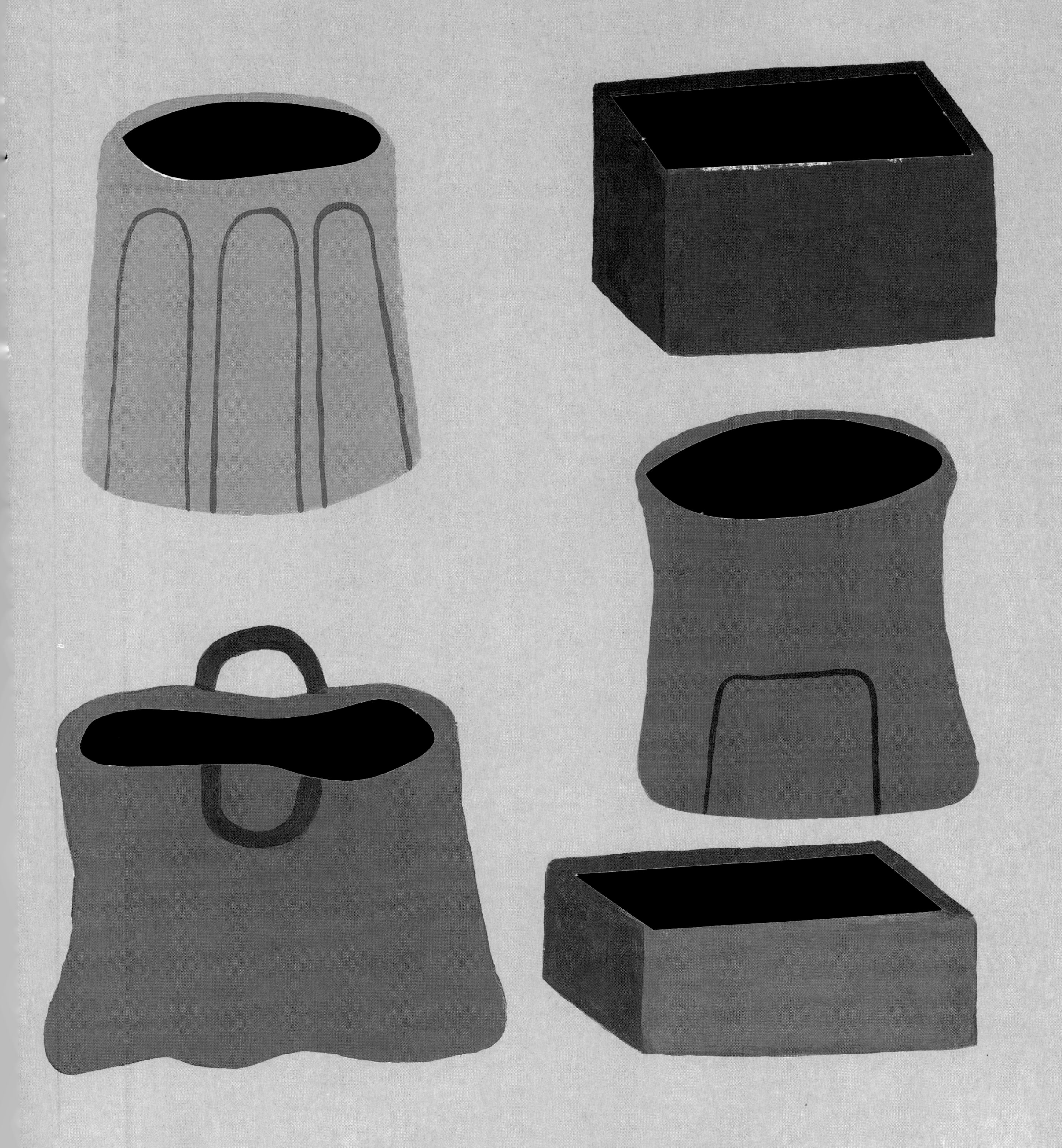

COMPOST

à
trier
les choses
à recycler.

Plus de la moitié de nos déchets sont recyclables.

Recycler consomme moins d’énergie que faire du neuf.